Ein Sommertag mit Wilhelm Busch

Reclam

RECLAMS UNIVERSAL-BIBLIOTHEK Nr. 14648
2025 Philipp Reclam jun. Verlag GmbH,
Siemensstraße 32, 71254 Ditzingen
info@reclam.de
Umschlaggestaltung: zero-media.net, München
Umschlagabbildung: Evariste Carpentier (1845–1922),
»Eine Mittagspause« – Photo © Whitford & Hughes, London, UK / Bridgeman Images
Abbildung S. 6: Wilhelm Busch, Foto von Edgar Hanfstaengl, München 1878
Schmuckelemente: © shutterstock / Irina Zuny, Feodora_21
Druck und Bindung: Esser printSolutions GmbH,
Untere Sonnenstraße 5, 84030 Ergolding
Printed in Germany 2025
RECLAM, UNIVERSAL-BIBLIOTHEK und
RECLAMS UNIVERSAL-BIBLIOTHEK sind eingetragene Marken der Philipp Reclam jun. GmbH & Co. KG, Stuttgart
ISBN 978-3-15-014648-4
reclam. de

FSC
www.fsc.org
MIX
Papier | Fördert gute Waldnutzung
FSC® C019821

Inhalt

Wilhelm Busch, 1878

Durch den Sommer mit Wilhelm Busch

Wilhelm Busch (1832–1908) ist einer der bekanntesten deutschen Dichter, Zeichner und Humoristen. Er wird auch als »Urvater des modernen Comics« bezeichnet. In seinem Leben verband er Sommerfreuden mit kreativer Schaffenskraft. Obwohl er in vielen seiner Werke vor allem für seine humorvollen, oft satirischen Darstellungen von Alltagsleben und Charakteren bekannt wurde, spiegelt sich in seinen Sommerbeschreibungen eine tiefere Verbundenheit zur Natur und zu den einfachen Freuden des Lebens wider.

Busch verbrachte seine Sommer häufig in ländlicher Umgebung, wo er die Natur in vollen Zügen genießen konnte. Insbesondere in den Jahren, als er im bayerischen Voralpenland lebte, war der Sommer eine wichtige Quelle für Inspiration. In dieser Zeit entstanden viele seiner Gedichte und Geschichten, die von der Idylle und den Naturerlebnissen dieser Jahreszeit geprägt sind.

In seinen Briefen, die er während der Sommermonate an Freunde und Bekannte schrieb, lassen sich seine Liebe zur

Natur und seine Beobachtungen des Sommerlebens nachvollziehen. In einem seiner Briefe aus dem Jahr 1879 beschreibt Busch etwa, wie er die Sommerhitze und die ruhige Atmosphäre auf dem Land genießt und gleichzeitig an seinen Werken feilt.

In seinen Märchen, Gedichten und Sagen hat der Sommer oft eine symbolische Bedeutung. So ist der Sommer in vielen seiner Geschichten ein Ort des ausgelassenen Lebens und des Schabernacks, wie man es in seinen bekannten Erzählungen über die Streiche von Max und Moritz wiederfindet. In seinen Gedichten, wie zum Beispiel »Der Sommer«, beschreibt er auf humorvolle Weise die Freuden der warmen Jahreszeit, aber auch die kleinen Missgeschicke, die einem in dieser Zeit passieren können.

Buschs Sommergeschichten und -gedichte sind nicht nur eine Hommage an die Leichtigkeit und den Humor dieser Zeit, sondern auch eine liebevolle Auseinandersetzung mit der Natur, der Ruhe des Landlebens und den Momenten der Freude, die der Sommer mit sich bringt.

Es flog einmal ein muntres Fliegel

Es flog einmal ein muntres Fliegel
Zu einem vollen Honigtiegel.
Da tunkt es mit Zufriedenheit
Den Rüssel in die Süßigkeit.
Nachdem es dann genug geschleckt,
Hat es die Flüglein ausgereckt
Und möchte sich nach oben schwingen.
Allein das Bein im Honigseim
Sitzt fest als wie in Vogelleim.
Nun fängt das Fliegel an zu singen:
Ach, lieber Himmel, mach mich frei
Aus dieser süßen Sklaverei!

Ein Freund von mir, der dieses sah,
Der seufzte tief und rief: Ja, ja!

Der Zauber der langen Tage

Die kleine Tasche, buntgestickt,
Ist schnell gefüllt und zugedrückt.
Ein Hut von Stroh als Sommerzier,
Ein Dichterkragen von Papier,
Das himmelblaue Flattertuch,
Der Feldstuhl, das Notizenbuch,
Ein Bleistift Nr. 4 und endlich
Das Paraplü sind selbstverständlich.

Balduin Bählamm, der verhinderte Dichter

Balduin Bählamm, der verhinderte Dichter

In seiner humorvollen Erzählung »Balduin Bählamm, der verhinderte Dichter« (1883) widmet sich Busch dem Thema des künstlerischen Scheiterns. Manche seiner Biografen sehen darin einen Hinweis darauf, dass Busch selbst sein Schaffen und seine Erfolge kritisch hinterfragte.

Wie lieb erscheint, wie freundlich winkt
Dem Dichter, der noch etwas hinkt,

Des Dörfleins anspruchloses Bild,
In schlichten Sommerstaub gehüllt.

Hier reitet Jörg, der kleine Knabe,
Auf seinem langen Hakenstabe,

Die Hahnenfeder auf der Mütze,
Kindlich naiv durch eine Pfütze.

Dort mit dem kurzen Schmurgelpfeifchen,
Auf seinem trauten Düngerhäufchen
Steht Krischan Bopp und füllt die Luft
Mit seines Krautes Schmeichelduft.

Er blickt nach Rieke Mistelfink,
Ein Mädel sauber, stramm und flink.
Sie reinigt grad den Ziegenstall;
Und Friede waltet überall.

Sofort im ländlichen Logis
Geht Bählamm an die Poesie.

Er schwelgt im Sonnenuntergang,
Er lauscht dem Herdenglockenklang,
Und ahnungsfroh empfindet er's:
Glück auf! Jetzt kommt der erste Vers!

Klirrbatsch! Da liegt der Blumentopf.
Es zeigt sich ein gehörnter Kopf,

Das Maulwerk auf, die Augen zu,
Und plärrt posaunenhaft: Ramuh!!

Erschüttert gehen Vers und Reime
Mitsamt dem Kunstwerk aus dem Leime.
Das tut die Macht der rauen Töne.

Die Sängerin verlässt die Szene.

Stille Wiese

Die folgende Bildserie ist ein Auszug aus »Tobias Knopp. Abenteuer eines Junggesellen« (1875). Busch ließ auf den ersten Teil zwei Fortsetzungen folgen: 1876 erschien »Herr und Frau Knopp«, 1877 »Julchen«. Im Mittelpunkt der Geschichten steht Tobias Knopp, der Prototyp des wohlhabenden Spießers.

Knopp begibt sich weiter fort
Bis an einen stillen Ort.

Hier auf dieser Blumenwiese,
Denn geeignet scheinet diese,

Kann er sich gemütlich setzen,
Um die Scharte auszuwetzen

Und nach all den Angstgefühlen
Sich ein wenig abzukühlen.

Hier ist alles Fried und Ruh,
Nur ein Häslein schauet zu.

Immer wieder

Der Winter ging, der Sommer kam.
Er bringt aufs Neue wieder
Den vielbeliebten Wunderkram
Der Blumen und der Lieder.

Wie das so wechselt Jahr um Jahr,
Betracht ich fast mit Sorgen.
Was lebte, starb, was ist, es war,
Und heute wird zu morgen.

Stets muss die Bildnerin Natur
Den alten Ton benützen,
In Haus und Garten, Wald und Flur,
Zu ihren neuen Skizzen.

Die Welt, das lässt sich nicht bestreiten,
Hat ihre angenehmen Seiten;
Sie liefert Körner, Käfer, Mäuse
Zum Wohlgeschmack in jeder Weise
Und geht auch wohl so bald nicht unter.

An den »Krökelorden«

Ich war immer daheim, grub, krautete, stocherte, handhabte die Gießkanne, besah alles, was wuchs, tagtäglich genau und bin daher mit jeder Rose, mit jedem Kohlkopf, mit jeder Gurke intim bekannt geworden. Eine etwas beschränkte Welt, so scheint's. Und doch, wenn man's recht erwägt, ist all das Zeugs, von dem jedes einzelne unendlich und unergründlich ist, nicht weniger bemerkenswert, als Alpen und Meer, als Japan und China.

An Johanna Keßler, 30. Juni 1896

Der Juni ist erschienen,

Busch schrieb im Juni 1895 Ferdinanda »Nanda« Keßler anlässlich ihres Geburtstags einen Brief – und legte als besonderes Geschenk ein sommerliches Gedicht bei. Nanda war die Tochter von Johanna Keßler, einer Bankiersgattin aus Frankfurt, mit der Busch seit den späten 1860er Jahren eine enge Freundschaft verband. Zu Nanda fasste er eine fast familiäre Zuneigung. Er wurde zu ihrem künstlerischen Förderer und Mentor.

Der Juni ist erschienen,
Es blühen die Jasminen,
Und wieder fliegt zu Dir
Und setzt sich Dir zu Füßen
Mit Wünschen und mit Grüßen
Ein Vöglein von Papier.

Es wünscht der Ferdinande
Im deutschen Vaterlande
Was irgend Freude macht,
Damit sie recht zufrieden
Mit Dem, was ihr beschieden,
Bei Tage und bei Nacht. –

Ohweh, was muss ich sehen,
Nach Süden tut sie drehen
Ihr schönes Augenpaar,
Wo früh die Blume sprießet,
Wo Gold in Strömen fließet,
Wo stets der Himmel klar,

Wo unter Palmenwedeln
Aus aller Welt die Edeln
Sorglos spazieren gehn –
An jenes Wunderländchen
Knüpft sie der Sehnsucht Bändchen,
Denn dort ist's gar zu schön. –

Doch wolltest du auch fliehen,
Jenseit[s] der Berge ziehen
Bis an den fernsten Ort;
Ein guter Wunsch hat Flügel,
Ob Alpen oder Hügel,
Er flattert drüber fort.

Er würde Dich erwischen
Selbst tief in Lorbeerbüschen
Und sprechen frohgemut:
Ja, siehst Du wohl, da bin ich!
Ich grüße Dich herzinnig
Und hoff' es geht Dir gut!

In freier Luft, in frischem Grün,
Da wo die bunten Blümlein blühn,
In Wiesen, Wäldern, auf der Heide,
Entfernt von jedem Wohngebäude,
Auf rein botanischem Gebiet,
Weilt jeder gern, der voll Gemüt.

Balduin Bählamm, der verhinderte Dichter

Ihr kennt ihn doch schon manches Jahr

Ihr kennt ihn doch schon manches Jahr,
Wisst, was es für ein Vogel war;
Wie er in allen Gartenräumen
Herumgeflattert auf den Bäumen;

Wie er die hübschen roten Beeren,
Die andern Leuten zugehören,
Mit seinem Schnabel angepickt
Und sich ganz lasterhaft erquickt.

Nun hat sich dieser böse Näscher,
Gardinenschleicher, Mädchenhäscher,
Der manchen Biedermann gequält,
Am Ende selber noch vermählt.

Nun legt er seine Stirn in Falten,
Fängt eine Predigt an zu halten
Und möchte uns von Tugend schwatzen.

Ei, so ein alter Schlingel! Kaum
Hat er 'nen eignen Kirschenbaum,
So schimpft er auf die Spatzen.

Ferne Berge seh ich glühen

Ferne Berge seh ich glühen!
Unruhvoller Wandersinn!
Morgen will ich weiter ziehen,
Weiß der Teufel, wohin?

Ja, ich will mich nur bereiten,
Will – was hält mich nur zurück?
Nichts wie dumme Kleinigkeiten!
Zum Exempel, dein Blick!

Der Kohl

Unter all den hübschen Dingen
In der warmen Sommerzeit
Ist ein Korps von Schmetterlingen
Recht ergötzlich insoweit.

Bist du dann zu deinem Wohle
In den Garten hinspaziert,
Siehst du über deinem Kohle
Muntre Tänze aufgeführt.

Weiß gekleidet und behände
Flattert die vergnügte Schar,
Bis dass Lieb und Lust zu Ende
Wieder mal für dieses Jahr.

Zum getreuen Angedenken,
Auf den Blättern kreuz und quer,
Lassen sie zurück und schenken
Dir ein schönes Raupenheer.

Leidest du, dass diese Sippe
Weiterfrisst, wie sie begehrt,
Kriegst du nebst dem Blattgerippe
Nur noch Proben ohne Wert.

Also ist es zu empfehlen,
Lieber Freund, dass du dich bückst
Und sehr viele Raupenseelen,
Pitsch, aus ihren Häuten drückst.

Denn nur der ist wirklich weise,
Der auch in die Zukunft schaut.
Denk an deine Lieblingsspeise:
Schweinekopf mit Sauerkraut.

Fink und Frosch

Auf leichten Schwingen frei und flink
Zum Lindenwipfel flog der Fink
Und sang an dieser hohen Stelle
Sein Morgenlied so glockenhelle.

Ein Frosch, ein dicker, der im Grase
Am Boden hockt, erhob die Nase,
Strich selbstgefällig seinen Bauch
Und denkt: Die Künste kann ich auch.

Alsbald am rauen Stamm der Linde
Begann er, wenn auch nicht geschwinde,
Doch mit Erfolg emporzusteigen,
Bis er zuletzt von Zweig zu Zweigen,
Wobei er freilich etwas keucht,
Den höchsten Wipfelpunkt erreicht
Und hier sein allerschönstes Quaken
Ertönen lässt aus vollen Backen.

Der Fink, dem dieser Wettgesang
Nicht recht gefällt, entfloh und schwang
Sich auf das steile Kirchendach.

Wart, rief der Frosch, ich komme nach.
Und richtig ist er fortgeflogen,
Das heißt, nach unten hin im Bogen,
So dass er schnell und ohne Säumen,
Nach mehr als zwanzig Purzelbäumen,
Zur Erde kam mit lautem Quak,
Nicht ohne großes Unbehagen.

Er fiel zum Glück auf seinen Magen,
Den dicken, weichen Futtersack,
Sonst hätt er sicher sich verletzt.

Heil ihm! Er hat es durchgesetzt.

Duldsam

Des Morgens früh, sobald ich mir
Mein Pfeifchen angezündet,
Geh ich hinaus zur Hintertür,
Die in den Garten mündet.

Besonders gern betracht ich dann
Die Rosen, die so niedlich;
Die Blattlaus sitzt und saugt daran
So grün, so still, so friedlich.

Und doch wird sie, so still sie ist,
Der Grausamkeit zur Beute;
Der Schwebefliegen Larve frisst
Sie auf bis auf die Häute.

Schluppwespchen flink und klimperklein,
So sehr die Laus sich sträube,
Sie legen doch ihr Ei hinein
Noch bei lebend'gem Leibe.

Sie aber sorgt nicht nur mit Fleiß
Durch Eier für Vermehrung;
Sie kriegt auch Junge hundertweis
Als weitere Bescherung.

Sie nährt sich an dem jungen Schaft
Der Rosen, eh sie welken;
Ameisen kommen, ihr den Saft
Sanft streichelnd abzumelken.

So seh ich in Betriebsamkeit
Das hübsche Ungeziefer
Und rauche während dieser Zeit
Mein Pfeifchen tief und tiefer.

Dass keine Rose ohne Dorn,
Bringt mich nicht aus dem Häuschen.
Auch sag ich ohne jeden Zorn:
Kein Röslein ohne Läuschen!

Verlust der Ähnlichkeit

Man sagt, ein Schnäpschen, insofern
Es kräftig ist, hat jeder gern.
Ganz anders denkt das Volk der Bienen.
Der Süffel ist verhasst bei ihnen,
Sein Wohlgeruch tut ihnen weh.
Sie trinken nichts wie Blütentee,
Und wenn wer kommt, der Schnäpse trank,
Gleich ziehen sie den Stachel blank.
Letzthin hat einem Bienenstöckel
Der brave alte Schneider Böckel,
Der nicht mehr nüchtern in der Tat,
Aus Neubegierde sich genaht.
Sofort von einem regen Leben
Sieht Meister Böckel sich umgeben.
Es dringen giftgetränkte Pfeile
In seine nackten Körperteile,
Ja, manche selbst durch die nur lose
Und leichtgewirkte Sommerhose,
Besonders, weil sie stramm gespannt.
Zum Glück ist Böckel kriegsgewandt.
Er zieht sich kämpfend wie ein Held
Zurück ins hohe Erbsenfeld.
Hier hat er Zeit, an vielen Stellen
Des Leibes merklich anzuschwellen,
Und als er wiederum erscheint,
Erkennt ihn kaum sein bester Freund.
Natürlich, denn bei solchem Streit
Verliert man seine Ähnlichkeit.

Wanderlust

Die Zeit, sie orgelt emsig weiter,
Sein Liedchen singt dir jeder Tag,
Vermischt mit Tönen, die nicht heiter,
Wo keiner was von hören mag.

Sie klingen fort. Und mit den Jahren
Wird draus ein voller Singverein.
Es ist, um aus der Haut zu fahren.
Du möchtest gern woanders sein.

Nun gut. Du musst ja doch verreisen.
So fülle denn den Wanderschlauch.
Vielleicht vernimmst du neue Weisen,
Und Hühneraugen kriegst du auch.

Im Sommer

In Sommerbäder
Reist jetzt ein jeder
Und lebt famos.
Der arme Dokter,
Zu Hause hockt er
Patientenlos.

Von Winterszenen,
Von schrecklich schönen,
Träumt sein Gemüt,
Wenn, Dank ihr Götter,
Bei Hundewetter
Sein Weizen blüht.

Das traurige Röslein

Ein Röslein war gar nicht munter,
Weil es im Topfe stand,
Sah immer traurig hinunter
Auf die Blumen im freien Land.
Die Blumen nicken und winken.
Wie ist es im Freien so schön
Zu tanzen und Tau zu trinken
Bei lustigem Windeswehn.
Von bunten Schmetterlingen
Umgaukelt, geschmeichelt, geküsst;
Dazwischen der Vöglein Singen
Anmutig zu hören ist.
Wir preisen dich und loben
Dich, fröhliche Sommerzeit;
Ach, Röslein am Fenster droben,
Du tust uns auch gar zu leid.
Da ist ins Land gekommen
Der Winter mit seiner Not.
In Schnee und Frost verklommen
Die Blumen sind alle tot.
Ein Mägdlein hört es stürmen,
Macht fest das Fenster zu.
Jetzt will ich dich pflegen und schirmen,
Du liebes Röslein du.

Der Türmer

Der Türmer steht auf hohem Söller
Und raucht sein Pfeifchen echten Kneller,
Wobei der alte Invalid
Von oben her die Welt besieht.

Es kommt der Sommer allgemach.
Die Schwalben fliegen um das Dach,
Derweil schon manche stillbeglückt
Im Neste sitzt und fleißig drückt.
Zugleich tritt aus dem Gotteshaus
Ein neuvermähltes Paar heraus,
Das darf sich nun in allen Ehren
Getreulich lieben und vermehren. –

Der Sommer kam, und allenthalben
Schwebt ungezählt das Heer der Schwalben,
Die, wenn sie flink vorüberflitzen,
Des Türmers alten Hut beschmitzen.
Vom Platze unten tönt Juchhei,
Die Klosterschüler haben frei,
Sie necken, schrecken, jagen sich,
Sie schlagen und vertragen sich
Und grüßen keck mit Hohngelächter
Des Turmes hochgestellten Wächter. –

Der Sommer ging, die Schwalben setzen
Sich auf das Kirchendach und schwätzen.
Sie warten, bis der Abend da,
Dann flogen sie nach Afrika.

Doch unten, wo die Fackeln scheinen,
Begraben sie mal wieder einen
Und singen ihm nach frommer Weise
Ein Lebewohl zur letzten Reise.

Bedenklich schaut der Türmer drein.
Still geht er in sein Kämmerlein
Zu seinem großen Deckelkrug,
Und als die Glocke zehne schlug,
Nahm er das Horn mit frischem Mut
Und blies ein kräftiges Tuhuht.

Von Sonnenstrahlen und Liebe

Meistens schüchtern, selten herrisch
Manchmal ernsthaft, manchmal närrisch
Zog er durch das Weltgetriebe,
Und fast immer fand er Liebe.

An Paula Roesebeck, 8. Februar 1903

Liebe ist der Inbegriff

Die Bildfolge über den dichtenden Schüler Franz stammt aus Buschs Geschichte »Die fromme Helene«, die 1872 erschien und heute zu den populärsten Geschichten Buschs zählt.

Der Franz, ein Schüler hochgelehrt,
Macht sich gar bald beliebt und wert.

So hat er einstens in der Nacht
Beifolgendes Gedicht gemacht:

Als ich so von ungefähr
Durch den Wald spazierte,
Kam ein bunter Vogel, der
Pfiff und quinquilierte.

Was der bunte Vogel pfiff,
Fühle und begreif ich:
Liebe ist der Inbegriff,
Auf das andre pfeif ich.

Er schenkt's Helenen, die darob
Gar hocherfreut und voller Lob.

Und Franz war wirklich angenehm,
Teils dieserhalb, teils außerdem.

Wenn in der Küche oder Kammer
Ein Nagel fehlt – Franz holt den Hammer!

Wenn man den Kellerraum betritt,
Wo's öd und dunkel – Franz geht mit!

Wenn man nach dem Gemüse sah
In Feld und Garten – Franz ist da! –

Oft ist z. B. an den Stangen
Die Bohne schwierig zu erlangen.

Franz aber fasst die Leiter an,
Dass Lenchen ja nicht fallen kann.

Und ist sie dann da oben fertig –
Franz ist zur Hülfe gegenwärtig.

Kurzum! Es sei nun, was es sei –
Der Vetter Franz ist gern dabei.

’s war Heidelberg, das sich erwählten
Als Freudenort die Neuvermählten.

Wie lieblich wandelt man zu zwei’n
Das Schloss hinauf im Sonnenschein.

»Ach, sieh nur mal, geliebter Schorsch,
Hier diese Trümmer alt und morsch!«

»Ja!« – sprach er – »Aber diese Hitze!
Und fühle nur mal, wie ich schwitze!«

Die fromme Helene

Ich sah dich gern im Sonnenschein

Ich sah dich gern im Sonnenschein,
Wenn laut die Vöglein sangen,
Wenn durch die Wangen und Lippen dein
Rosig die Strahlen drangen.

Ich sah dich auch gern im Mondenlicht
Beim Dufte der Jasminen,
Wenn mir dein freundlich Angesicht
So silberbleich erschienen.

Doch, Mädchen, gern hätt' ich dich auch,
Wenn ich dich gar nicht sähe,
Und fühlte nur deines Mundes Hauch
In himmlisch warmer Nähe.

Den Dienstagnachmittag wär ich also bei wunderschönem Wetter gar gemächlich durch den Wald hierher spaziert. Da steh, geh und sitz ich denn nun wieder und verwundre mich, wie Kohl, Bohnen und Rüben im Gärtchen so hoch und breit gediehen, wie die Rosen bereits einen zweiten Blütenanlauf nehmen, wie das Korn in goldnen Garben steht [...].

An Marie Hesse, 16. August 1879

Der Stern der Liebe

Blumen duften, Sterne funkeln
Fern am Guadalquivir. –
Schon beginnt die Nacht zu dunkeln,

Und die Oleander rauschen,
Wenn Fernando und Elvire
Sanfte Liebesworte tauschen

In dem dunklen Laubreviere
Fern am Guadalquivir.

»Oh, sieh nur!«, so flötet Elvira und deutet mit ihrem lilienweißen Zeigefinger in den nächtlichen Sternenhimmel, »sieh nur den lieblich strahlenden Stern da droben! O sprich, Fernando, geliebter Freund, kennst du ihn wohl?« – Und Fernando, mit dem lyrischen Tenor einer schwärmerischen Neigung, haucht ihr die säuselnden Worte entgegen: »O Elvira, wer sollte ihn nicht kennen, den schönen, ewig strahlenden Stern! Das ist der Stern der Liebe!!«

Blumen duften, Sterne funkeln
Fern am Guadalquivir.
Schon beginnt die Nacht zu dunkeln;

Ach, die Zeit ist schnell entschwunden.
Und Fernando und Elvire,
Längst vom Hymens Band umwunden,

Sitzen bei dem Kellerbiere
Fern am Guadalquivir. –

Und wieder flötet Elvira: »O Fernando, sieh nur den lieblichen Stern da droben! Nicht wahr, Fernando, das ist der ewig strahlende Stern der Liebe!« – Doch Fernandos Bass weckt das Echo des halbgeöffneten Maßkrugs und spricht die etwas mehr als säuselnden Worte: »Himmelherrgottsternelement! Was weiß ich, wie all' die dummen Stern' heißen!«

Sommermärchen

Zwiefach sind die Phantasien,
Sind ein Zauberschwesternpaar,
Sie erscheinen, singen, fliehen
Wesenlos und wunderbar.

Zauberschwestern

Wassermuhmen

In dem See die Wassermuhmen
Wollen ihr Vergnügen haben,
Fangen Mädchen sich und Knaben,
Machen Frösche draus und Blumen.

Wie die Blümlein zierlich knicksen,
Wie die Fröschlein zärtlich quaken,
Wie sie flüstern, wie sie schnacken,
So was freut die alten Nixen.

Eduards Traum

»Eduards Traum« ist ein Prosatext aus dem Jahr 1891. Anders als andere Werke von Busch hat dieser keinen eigentlichen Handlungsstrang, sondern besteht aus mehreren Episoden – Traumnotizen. Die Erzählung beginnt mit Eduard, der die Kerze löscht und dann als Traumfigur, in Form eines denkenden Punktes, die Erzählung durchreist.

Eben als ich mich von hier entfernt hatte, umwölkte sich der Himmel. Es donnerte und blitzte. Es war eins jener schrecklichen Unwetter, die dem Wanderer, dem Mitgliede des Alpenklubs, der auf steilen Pfaden ohne Führer herniedersteigt, so häufig verderblich werden. Meiner Wenigkeit dagegen war es sogar ganz lieb, als mich nun plötzlich ein heftiger Windstoß ins Tal entführte, wo das heiterste Wetter herrschte. Auf einem sanft ansteigenden Wiesenflecke, umgeben von zopfigen Hecken, tanzten die zierlichsten Füße in rosa Trikot ein anmutiges Kunstballett. Einige fette Hammel, wie auch viele kleine Meerschweinchen, sahen zu, und zwei größere Zunftverbände von wohlgeleiteten Händen sorgten für Musik und ergiebigen Beifall.

Noch ehe das Stück zu Ende, verließ ich das Gebiet der aparten Körperteile vermittelst eines parabolischen Sprunges über die benachbarten Berge in die gewöhnliche Welt hinein, wo jeder seine gesunden Gliedmaßen beieinanderhat.

Wohl zehn Meter hoch schwebt ich nun über einem regelmäßig karierten Ackergefilde, in dessen Mitte ein freundliches Dörfchen lag.

Es war Sommer. Schon zog hie und da auf sanft bewegter

Luft ein silbernes Fädchen dahin. Auf eins derselben ließ ich mich nieder, neben einer kleinen verschrumpften Spinne, die, kaum dass sie mich bemerkt hatte, sich auch schon gedrungen fühlte, mich mit der Geschichte ihres Lebens zu beglücken.

Einst, so fing sie an zu wehmüteln, vor circa zweitausend Jahren, da sei sie eine ungewöhnlich reizende Walküre gewesen, hochsausend auf stolzem Ross und beliebt bei den Mannsleuten. Dann, als sie alt geworden, habe sich keiner mehr um sie bekümmert, außer der Teufel. So wäre sie zur Hexe geworden und wär durch die Lüfte geritten auf dem Besenstiel, in böswilliger Absicht. Aber selbst der Teufel, nachdem sie ihren tausendsten Geburtstag gefeiert, sei ihr nicht treu geblieben. Da habe sie den Salbentopf hergekriegt und habe sich wirkungsvoll murmelnd in eine Spinne verwandelt und sich dann rückwärts dies Luftschiff verfertigt und segle mit gutem Winde all die Zeit her, und wenn die Leute riefen: Altweibersommer!, so sei ihr das schnuppe. Apa!

»Madam!«, sprach ich. »Sie haben was durchgemacht. Reisen Sie glücklich!«

Damit sprang ich ab und setzte mich auf den vorstehenden Ast einer stattlichen Linde.

[...]

Fast hätte mich in diesem Augenblick eine alte Fledermaus erschnappt und aufgefressen, weil sie mich wahrscheinlich für eine kleinere Abart der Kleidermotte ansah; aber ich war schneller als sie und flog in einen dichten Wald und legte mich in das Näpfchen einer ausgefallenen Eichel; und hier, dacht ich, kannst du, wenn auch nicht aus Bedürfnis, so doch aus Prinzip, deiner nächtlichen Ruhe pflegen.

Der Mond war aufgegangen und spiegelte sein fettes, glänzendes Gesicht in einem Wassertümpel, den wilde Rosen umkränzten. Schon hatt' ich die Absicht, mich in die allergrößten Gedanken zu vertiefen, da ging der Spektakel los.

Siebenundneunzig dumpftönende Unken, dreihundertvierundvierzig hellquarkende Wasserfrösche und zweitausendzweihundertundzweiundzwanzig hochzirpende Grillen gebrauchten ihre ausreichenden Stimmmittel und emsigen Kunstgelenke zum Vortrage einer symphonischen Dichtung. Ein hohler Weidenbaum mit seinen zwei unteren Seitenästen dirigierte. Sein künstlerischer Chignon wehte im Winde der Begeisterung. Die Sache war langwierig; aber schließlich ging ihnen doch der Faden aus, und das bisher nur mit Mühe unterdrückte Bedürfnis des Beifalls konnte sich Luft machen.

Entzückt und befriedigt raschelten die Rosen mit den Blättern und dufteten sogar, was die wilden sonst kaum zu tun pflegen.

»Brravo!«, quackten, wie aus einem Munde, fünf dicke grüne Laubfrösche. »Brravo! Geschmackvoll! Geschmackvoll!« Und sieben alte graue Käuze, die im Hinterteil einer morschen Erle ihre Logenplätze hatten, quiekten maßgebend über alle hinweg:

»Manjifiek! Manjifiek!«

Ich meinerseits, um doch auch ein hohes Verständnis zu zeigen, suchte mein schönstes falsches Pathos hervor und brüllte, wie laut oder wie leise, das weiß ich nicht mehr:

»Offenbaarrung! Musikalische Offenbaaarrrung!« –

[…]

Ich begab mich höher hinauf; und alsbald, so erreicht ich eine verfallene Einsiedelei, worin auf einem bemoosten

Steine ein bemooster Klausner sich niedergelassen, der kein Glied rührte.

»Was treibt Ihr denn da, alter Freund!«, so fragt ich ihn.

»Das Leben ist eine Schuld! Ich sitze sie ab!«, so gab er zur Antwort und saß ruhig weiter.

Er musste wohl schon lange gesessen haben, denn ein Faulbaum war ihm kreuz und quer durch die Kutte gewachsen, und in seiner Kapuze saß ein Wiedehopfsnest mit sechs Jungen, die sich weiter keinen Zwang antaten.

Nicht lange, nachdem ich diesen würdigen Eremiten respektvoll verlassen hatte, wurde der Wald weniger knorrig und plötzlich ganz hell. Vor mir ausgebreitet lag eine weite, grüne, blumenreiche Wiese, in deren Mitte sich ein mächtiges Schloss erhob.

[...]

Jetzt öffnete sich das Tor. Ein langer Zug von ganz kleinen rosigen Kinderchen drängte heraus über die Brücke. Sofort ein heiteres Spiel beginnend, purzelten sie lachend zwischen den Blumen herum. Aber auch die Teufelchen kamen herbeigesprungen und neckten und balgten sich mit ihnen, und da die Teufelchen abfärbten, so kriegte jedes seinen kleinen Wischer weg, als hätten sie »schwarzen Peter« gespielt.

Auf den Bäumen, welche die Wiese begrenzten, saßen zahlreiche Storchnester. In jedem stand ein Storch auf einem Bein und sah bedächtig prüfend den kindlichen Spielen zu. Plötzlich flogen sie alle zusammen auf die Wiese hinunter. Jeder nahm sein Bübchen oder Mädchen, welches er sich ausgesucht hatte, in den langen Schnabel, und fort ging's hoch über den Wald weg.

Der Königssohn Johannes

Im 1910 erschienenen Märchen »Der Königssohn Johannes« will ebendieser in die Welt ziehen. Dabei trifft er auf eine Hexe, die ihm allerlei Aufgaben stellt. Zum Glück bekommt er Unterstützung von der verzauberten Königstochter Jette, die ihm dabei hilft, die Aufgaben der Hexe zu erfüllen und ihrem Bann zu entkommen.

Da wünschte das Mädchen den Königssohn zu einem Dornstrauche und sich selbst zu einer schönen Blume, die mitten darin stand. Wie da der Kerl herankam und wollte den Dornstrauch fassen, so stachen ihn die Dornen in die Hände; da lief er schnell wieder nach Hause und sagte zu seiner Frau: »Ich habe die beiden nicht fangen können; es stand da ein Dornstrauch und eine Blume darin; aber als ich den Dornstrauch anfasste, da stachen mich die Dornen und da bin ich weggelaufen.« »O, wie dumm!«, sagte die Hexe und schalt ihren Mann tüchtig aus; »hättest du nur die Blume mitgebracht, so wäre der Dornstrauch von selbst gekommen. Mach nur, dass du gleich wieder fortkommst und schaff mir die Blume.« Da musste der Kerl mit den drei Hunden wieder los und hinter den beiden her.

Die waren aber mittlerweile weitergelaufen. Als sich nun der Königssohn einmal umsah, so war der Kerl mit seinen großen Hunden schon wieder dicht hinter ihnen. Da wünschte sich das Mädchen zu einem großen Teiche und den Königssohn zu einem Enterich, der schwamm darauf. Indem, so kam der Kerl herzugelaufen, und weil der Enterich immer mitten auf dem Teiche schwamm, so dachte er ihn herbeizulocken und rief: »Niep, Niep! Niep, Niep!«

Aber der Enterich schnatterte immer mitten auf dem Teiche herum, dass ihn der Kerl nicht greifen konnte. Da lief er wieder nach Hause zu seiner Frau und sagte: »Ich habe die beiden nicht fangen können; da war wohl ein Teich, und ein Enterich schwamm darauf, aber der Enterich hielt sich immer mitten auf dem Teiche.« »O, wie dumm!«, schalt die Hexe; »hättest du nur den Enterich fangen können, so wäre der Teich von selbst gekommen. Lauf nur schnell wieder fort und schaff mir den Enterich.« Da musste der Kerl mit den drei Hunden wieder los und hinter den beiden herlaufen.

Die hatten aber mittlerweile ihre natürliche Gestalt wieder angenommen und waren schnell weitergelaufen. Als sich aber der Königssohn einmal umsah, so war der Kerl mit den drei großen Hunden schon wieder dicht hinter ihnen. Da sagte Jettchen: »Ich will mich jetzt zu einem Gemüsegarten wünschen und du sollst ein alter Mann mit langem Barte sein, der in dem Garten herumgeht.« Und wie sie es gewünscht hatte, so war es auch gleich geschehen. Indem, so kam der Mann der alten Hexe herzugelaufen, fand aber nur einen schönen Gemüsegarten, und einen alten Mann mit langem Barte darin, den fragte er, ob er nicht da eben zwei hätte vorbeilaufen sehen! »Gelbe Wurzeln«, sagte der alte Mann. »Ich meine«, schrie ihm der andere zu, »ob Ihr nicht gesehen habt, wo die zwei Leute hingelaufen sind, die hier eben vorbeigekommen sein müssen!« »Gelbe Wurzeln«, sagte der alte Mann. Da fragte der andere zum dritten Male und schrie noch lauter als vorher, aber der alte Mann sagte wieder »Gelbe Wurzeln«. »Hier ist nichts zu machen«, dachte der Mann der Hexe, »ich will nur wieder zu Hause gehen.«

Schabernack und Sonnenschein

Max und Moritz, diese Knaben,
Sollen, hör ich, Eltern haben,
Einen Der und eine Die,
Nämlich Scherz und Phantasie.

Aus einem Brief, November 1907

Diogenes und die bösen Buben von Korinth

Nachdenklich liegt in seiner Tonne
Diogenes hier an der Sonne.

Ein Bube, der ihn liegen sah,
Ruft seinen Freund; gleich ist er da.

Nun fangen die zwei Tropfen
Am Fasse an zu klopfen.

Diogenes schaut aus dem Fass
Und spricht: »Ei, ei, was soll denn das!?«

Der Bube mit der Mütze
Holt seine Wasserspritze.

Er spritzt durchs Spundloch in das Fass.
Diogenes wird pudelnass.

Ihr wisst ja wohl!

Am 28. Juni schrieb Busch ein Gedicht an Nanda Keßler und ihre Schwester Letty.

Ihr wisst ja wohl! Wo ich auch bin,
Euch beide hab ich stets im Sinn;
Sei's nun zu Frankfurt an dem Maine,
Sei's zu Hannover an der Leine;
's ist ganz egal und einerlei:
Ich denk an die bewussten Zwei!

Jetzt bin ich hier, wie Ihr ja wisst,
Beim Pfarrer, der mein Onkel ist,
In einer wunderschönen Gegend:
Allein es regent, regent, regent! –
Den ganzen Tag von morgens früh
Trägt jeder Mensch den Paraplü;
Und legt er abends sich zur Ruh
Und deckt die müden Glieder zu,
So horcht er noch mit stillem Grausen,
Wie draußen Wind und Regen sausen.
»Na!« – denkt er dann und dämmert ein –
»'s wird morgen ja wohl annersch sein!« –
Ja, prost! – Des Morgens in der Früh
Plitschtplatscht es draußen wie noch nie.

Am Dache, oben in der Rinne,
Da saßen Spatzennester drinne,
Und in den Spatzennestern drein
Hört man viel junge Spatzen schrein.

Schisch! Kommt der Regen angegossen
Dass alle Spatzen weggeflossen
Bis durch das lange Wasserrohr
Und kommen unten dann hervor
Und sausen plidderpladdernass
Ins große Regenwasserfass
Und wirbeln drin herum geschwind
Bis dass sie tot und töter sind.
Die alten Spatzen rings umher
Sehn das mit an und piepsen sehr.

Ein dicker Sack

Ein dicker Sack – den Bauer Bolte,
Der ihn zur Mühle tragen wollte,
Um auszuruhn, mal hingestellt
Dicht an ein reifes Ährenfeld –
Legt sich in würdevolle Falten
Und fängt 'ne Rede an zu halten.

Ich, sprach er, bin der volle Sack.
Ihr Ähren seid nur dünnes Pack.
Ich bin's, der euch auf dieser Welt
In Einigkeit zusammenhält.
Ich bin's, der hoch vonnöten ist,
Dass euch das Federvieh nicht frisst;
Ich, dessen hohe Fassungskraft
Euch schließlich in die Mühle schafft.
Verneigt euch tief, denn ich bin Der!
Was wäret ihr, wenn ich nicht wär?
Sanft rauschen die Ähren:

Du wärst ein leerer Schlauch, wenn wir nicht wären.

Der letzten fast strafbaren Sommerkühle scheinen nunmehr die Anzeichen einer bedenklichen Hitze zu folgen; die Freuden- und Festtage der Fliegen und der Flöhe. Gern verlässt sodann auch der gründliche Schläfer sein allerseits durchwühltes Lotterbett, um bei offenem Fenster und offenem Hemde die nächtlich gedünsteten Glieder in frischer Morgenkühle zu baden.

An Franz von Lenbach, 25. Juli 1877

Es sitzt ein Vogel auf dem Leim

Es sitzt ein Vogel auf dem Leim,
Er flattert sehr und kann nicht heim.
Ein schwarzer Kater schleicht herzu,
Die Krallen scharf, die Augen gluh.
Am Baum hinauf und immer höher
Kommt er dem armen Vogel näher.

Der Vogel denkt: Weil das so ist
Und weil mich doch der Kater frisst,
So will ich keine Zeit verlieren,
Will noch ein wenig quinquilieren
Und lustig pfeifen wie zuvor.
Der Vogel, scheint mir, hat Humor.

Fehlgeschossen

Fritz war ein kecker Junge
Und sehr geläufig mit der Zunge.
Einstmals ist er beim Ährenlesen
Draußen im Felde gewesen,
Wo die Weizengarben, je zu zehn,
Wie Häuslein in der Reihe stehn.
Ein Wetter zog herauf.
Da heißt es: Lauf!
Und flink, wie ein Mäuslein
Schlüpft er ins nächste Halmenhäuslein.
Krach! – Potztausendnochmal!
Dicht daneben zündet der Wetterstrahl.
Ätsch! rief der Junge, der nicht bange,
Und streckt die Zunge aus, die lange:
Fehlgeschossen, Herr Blitz!
Hier saß der Fritz!

Ärgerlich

Aus der Mühle schaut der Müller,
Der so gerne mahlen will.
Stiller wird der Wind und stiller,
Und die Mühle stehet still.

So geht's immer, wie ich finde,
Rief der Müller voller Zorn.
Hat man Korn, so fehlt's am Winde,
Hat man Wind, so fehlt das Korn.

Ein Sommer in Briefen

Nachdem über Nacht ein freundlicher Mond, umzingelt von silbernem Cirrusgewölk, auf meinen Bummelzug herniedergelächelt, hat die wohlwollendste Sonne meiner Heimkehr geleuchtet.

Wilhelm Busch an Franz von Lenbach, 24. August 1888

Lustig ist es anzusehen

Busch an seine Eltern am 1. September 1852

Geliebte Eltern.

[...] Lustig ist es anzusehen, wenn abends der Zapfenstreich durch die Straßen zieht. Ein Heer von Straßenjungen verfolgt ihn, indem es die Melodie fürchterlich mitschreit, u. voran tanzen Scharen von Mädchen den Ringelreihen in klappernden Holschen nach dem Takte der Musik. Am ausgelassensten ist aber das Volk hier bei der großen Kirmes, welche das größte Fest von Antwerpen ist u. sechs Tage dauert. Um das Volk in diesen Tagen zu amüsieren, bestehen förmliche Vereine. Preise aller Art sind ausgesetzt für Musik, Wettrudern, Schwimmen, Pfahlklettern – u.s.w. Auf einem der großen Plätze in der Stadt ist großer Volksball, wo jedermann frei tanzen kann. Abends sind große Feuerwerke, die über 100 000 Fr. kosten.

Schön war's!

Busch an Otto Bassermann am 11. August 1864

Lieber Freund!
[...] In Wolfenbüttel blieb ich über 14 Tage bei durchweg sonnigem Wetter. Herrlich! Erdbeerbowlen, Waldpartien und ländliche Spiele. Wie man nur so kindisch sein kann! Aber schön war's! – Besonders die Partie nach der Köhlerhütte, tief im dunkelgrünen Wald, mit Wein in Menge und recht lustigen Frauenzimmern; beim Heimwege am späten Abend, Mädchen am Arm, flimmerte alles von tausend und tausend Funken, teils aus dem Kopf heraus, teils drum herum von Johanniswürmchen, wie ich so viel noch nie beieinand gesehn. Ein hübsches Kind, das ich da wieder fand, bot mir aufs Neue manch heimlich gute Stunde. Ein närrisches Herz, was der Mensch im Leibe hat! – Nun! Hier in Wiedensahl weißt du ohngefähr, wie's aussieht. Die Bienen sind meine Unterhaltung in den Mittagsstunden; abends streife ich durch die reifenden Kornfelder und lasse mir die rote Abendsonne auf die Hände scheinen, während die sanfte Luft eine Dampfwolke nach der andern schwebend davon und weiter trägt.

In der Dämmerung

Busch an Otto Bassermann am 7. Juni 1868

Mein lieber Otto!
[...] In der Dämmerung wandle ich wieder durch das Ährenfeld und die Wiesen dem wohlbekannten Walde zu bis die Sonne hinunter gegangen. Wie oft und gern gedenke ich dann der fröhligen Zeit, da ich bei dir in Heidelberg war; der blühenden Bäume, des wundervollen Schlosses, und wie wir dann weiter den Neckar hinauf in das Tal hinaus sahen; so recht, wie es mein Schubert'sches Lieblingslied ausdrückt, das du bei der Frau Pfeiffer so prächtig gesungen und das du mir hoffentlich unter ebenso freundlichen Verhältnissen bald wieder singen sollst. Mir ist's immer, als könnte mir grad dieses Lied keiner besser singen als du.

Wie man Obstauflauf macht

Busch schickte am 21. August 1871 Nanda und Letty Keßler ein wohlschmeckendes Obstpudding-Rezept in Versform.

Erst wasche Dich und schnäuze Dich.
Und bist Du dann fein säuberlich,
So hole Dir mit leichtem Schritte
Die Pflaumen- und die Apfelschnitte
(Jedoch mit Andacht und Gefühl).
Dann koche sie und stell sie kühl.
Jetzt nimm von Millich ein Quartier,

Von Stärkemehl der Lote vier,
Von Eiern sechse an der Zahl;
Als Würze nimm Zitronenschal
Und Zucker auch und auch Vanille
Nach dem Geschmacke der Familie.

Zwei Drittel Milch stell auf das Feuer
Mit dem Gewürz. – Das Gelb der Eier,
Die Stärke und den Rest der Millich
Rühr' durcheinand, wie's recht und billig.
Doch vom gesamten Eierweiß
Schlag steifen Schnee mit Kunst und Fleiß.

Nun tu zur Milch, die auf dem Feuer,
Den Brei der Stärke, Milch und Eier.
Und wenn's gekocht ein paar Minuten,
So heb' es von des Feuers Gluten

Und rühre noch mit Seelenruh
Die Hälfte von dem Schnee hinzu.
Dies alles gieße flink und flott
Auf das bewusste Obstkompott.

Und ist dann die Geschichte kalt,
Und geht's zu Tisch, so streiche halt
Mit einem Messer sanft und lieb
Den Schnee darauf, der übrig blieb.
So – jetzt wären wir so weit! –
Noch Zimt und Zucker draufgestreut.
Und nun ans Werk voll Kraft und Mut!
Ei, zapperment, wie ist das gut!

Der Maikäfer

Busch schrieb 1889 an Friedrich August von Kaulbach einen Brief, in dem er sich Gedanken zu einem Experiment mit einem Maikäfer machte.

Lieber Fritz!
Neulich z.B. setzte der Naturforscher, indem er zugleich mit dem Zeigefinger nach einem saftigen Kastanienbaum hinwies, auf die Lehne seines Gartenstuhles einen sogenannten Maikäfer. Dieser, munter bis zur einen Ecke marschierend, blickte stutzig in die Tiefe. »Hier ist's aus mit dem Verkehr«, denkt er, kehrt um bis zur Mitte, bleibt hocken, erwägt alles mit Muße, setzt sich schließlich in Krabbeltrab und gelangt richtig an die andere Ecke. Wieder ein Malefizabgrund. »Na«, denkt er, »dann so werd ich gefälligst mal fliegen.« Er druckt und druckt. Er hebt seine braunlackierten Frackschöße, er entfaltet die verprömmelten Unterflügel. Jetzt geht's los. Nein, doch nicht. Aber jetzt. Nein, doch nicht. Aber nu. Nein, doch nicht. Wahrhaftig. Burr! Dort schweimelt er hin, grad noch über die Gießkanne weg, rechts um die Remontantrose, links um den Rotdorn, scharf am Zwetschenbömeken vorüber. Aaah! Da kommt verquer das langgestreckte Erbsenbeet, grad sorgsam gestiefelt, ein unendliches Wirrsal von dürrem Gezweig. Schwungvoll saust er hinein. Hupp! geht's hier. Hupp! geht's da. Surr butz! Da liegt er. Verschämt krault er zurück in die nahe hainbüchene Hecke und setzt sich bescheiden ins schattige Laub. »Nun seh ich's wohl«, sprach der aufmerksame Naturforscher, »ein Vogel, ein sehr gewandter, ist der Maikewwer nicht.«

Im Garten

In einem Brief an Johanna Keßler vom 9. Juni 1892 berichtete Busch über die Ereignisse in seinem Garten.

Unser Wetter war wundervoll sonnig. Hab gegossen und gejätet im Garten, und wurd's mir zu heiß und hatt' ich genug Sonne eingesogen, was aber guttut, dann zog ich mich auf die stets kühle Hausflur zurück, rauchend, schreibend, zeichnend, lesend; nicht ohne ein lebhaftes Gefühl der für mich tauglichen Behaglichkeit.

Nur etwas beunruhigt war ich letzter wegen meiner sieben Familien; sechs oben in den Bäumen, eine unten in der Hecke; Stare und Grasmücken. – Die älteren Starkinder flogen aus, schräkelten aber noch futterbedürftig in der Nähe herum, während die Nestquackelchen (große Kerle mit angehenden Bassstimmen) noch immer aus den heimatlichen Kästchen heraus guckten, wo sie, als die nunmehr einzigen, sich breit machten und gehörig verhätscheln ließen. Auch die Grasmückchen entschlüpften dem Neste. Nun hatten die 14 Alten was zu tun; hier saß ein Junges und dort eins. Und dann die Angst von wegen der Malefizkatzen. Ein halbes Dutzend lauert und schleicht bei Tag und bei Nacht im Garten herum. Oft schon ganz früh weckte mich das herzbewegliche Geschrei der sorglichen Eltern. Als ich nun gar den alten schwarzen Kater im Akazienbaum dicht unter einem Kästchen überraschte, ging ich schleunig daran, um den Stamm ein Bündel Dornen zu binden. Ich nahm Stachelrosen; und da saß ich denn später in Mußestunden und bohrte und zwickte die Dornen aus den Fingern nach der Methode, die Sie damals beim Hugochen anwandten, als er den Splitter erwischt. – Jetzt ist's still geworden ums Haus herum; die jungen Vöglein sind von den Alten in die Welt eingeführt, in Wiesen und Wald. Bald aber werden sie zurückkehren zur zweiten Brut.

Gartensänger

Am 9. Juni 1897 schrieb Busch an Grete Meyer über das bunte Vogeltreiben in seinem Haus und Garten.

Anderseits möcht ich auch gern wissen, wie es in Stall und Garten aussieht. Was, zum Exempel, machen die Küken? Wir hier haben ja nur wildes Geflügel. Die jungen Schwarzdrosseln, im Efeu erbrütet, sind in die weite Welt geflogen. Und denk dir nur: Sie wurden noch gefüttert, da baute die Alte schon wieder ein Nest in der alten Hainbuchenlaube. Dort sitzt sie nun geduldig auf ihren Eiern und macht den Hals lang, sobald ich nur hinsehe. Ein sogenannter Gartensänger hat sich gleichfalls angesiedelt im Gebüsch. Er spielt Flöte, Geige, Oboe, alles munter und fleißig durcheinander. Kürzlich jedoch ist er einsilbig geworden, vermutlich, weil er, obgleich nur der Vater, doch die Kinder gefälligst mitversorgen muss. Auch die Stare, die Hänflinge und sogar die Spatzen sind stiller geworden. Nur den hellschmetternden Strophengesang des Zaunkönigs vernehm ich lustig wie immer; die Jungen, noch geschwisterlich beisammen, schlüpfen keck durch die Zweige, das kleine Steertken risch in die Höhe gerichtet. Vorgestern, in der Dämmrung, als ich ahnungslos ein beckenvoll kalten Wassers an den Hopfen plantschte, auf einmal schnirrr! schwirrten gleich sechs dieser Königskinder heraus, die hier jedenfalls so recht gemütlich übernachten wollten.

Der Juni kam

Im Juni 1898 verfasste Busch ein Gedicht zu Nanda Keßlers Geburtstag, das er seinem Glückwunschbrief beilegte.

Der Juni kam. Lind weht die Luft.
Geschoren ist der Rasen.
Ein wonnevoller Rosenduft
Dringt tief in alle Nasen.

Manch angenehmes Vögelein
Sitzt flötend auf den Bäumen,
Indes die Jungen, zart und klein
Im warmen Neste träumen.

Flugs kommt denn auch dahergerennt,
Schon früh im Morgentaue,
Mit seinem alten Instrument
Der Musikant, der graue.

Im Juni, wie er das gewohnt,
Besucht er einen Garten,
Um der Signora, die da thront,
Mit Tönen aufzuwarten.

Er räuspert sich, er macht sich lang,
Er singt und streicht die Fiedel,
Er singt, was er schon öfter sang.
Du kennst das alte Liedel.

Und wenn du gut geschlafen hast

Und lächelst hold hernieder,
Dann kommt der Kerl, ich fürchte fast,
Zum nächsten Juni wieder.

Sommertreiben

In den folgenden Briefen an Johanna Keßler (12. Juli 1901) und Letty Keßler (27. Juli 1905) lässt Wilhelm Busch das bunte sommerliche Treiben von Menschen und Tieren lebendig werden.

[...] Das Wetter ist klar wie Kristall jetzund. Vermittelst meiner Gedanken seh ich Sie lustwandeln und sitzen im schattigen Garten, und wenn, was die Letty glaubt, das Denken, sozusagen leibhaftig, ins Weite schweift, dann muss mein Geist Sie häufig umschwebt haben – natürlich in aller Bescheidenheit.

Der Sommer wird reif allnachgrade. Die Hähnchen vom ersten Satz krähen und kämpfen bereits. Die Vöglein in den Zweigen, nachdem ihre Liebesfreuden sich längst in Familiensorgen verwandelt haben, stellen das Singen ein. Schon werden die Sensen gedengelt, um auch hier am Harz den Roggen zu mähen. Hoffentlich finden Sie nachher im August auf der Höhe des Rigi ein schönes Plätzchen, wo immer ein kühlender Zephir weht.

[...] Viel wurde hier letzther über Hitze geschwögt. Meinerseits hab ich, wie ihr, mich dagegen gewappnet mit Ruh und Gelassenheit. Gemächlich bewegt ich mich im Garten umher, jätete ein wenig, setzte mich häufig aufs Bänkchen nieder und ließ mich dankbar von der Sonne bescheinen.

Gewitter sind heuer häufig bei uns; rings herum ein ewiges Grummeln, doch selten ein nahes Geknäter. Dagegen in Hattorf gings schärfer her. Dort ist alles in Grund und Boden verhagelt, was für den ländlichen Haushalt ein großer Übelstand ist, während die Stadtleut vor wie nach zu Markt gehn, als ob gar nichts passiert wäre.

Unsere Singvöglein, nachdem sie ihre Familienangelegenheiten in Ordnung gebracht, sind nun verstummt. Nur eine Schwarzdrossel flötet noch allabendlich im Birnbaumwipfel – in abgebrochenen Tonsätzen, als besänne sie sich auf ein Lied aus ihrem früheren Leben, da sie, wir wollen mal sagen, eine sangesfreudige Gärtnerin war.